# STANLEY
## LA CHINCHE APESTOSA

# También disponibles

*Diluvio de mentiras*

*Hermie: Una oruga común*

*Atrapado en una cueva apestosa*

*Las orugas de Ja-ja*

## Libros de ilustraciones

*Hermie: Una oruga común*

*Flo, la mosca mentirosa*

*Webster, la arañita miedosa*

*Buzby, la abeja mal portada*

## Series Buginnings:

*Letras / ABCs*
*Colores / Colors*
*Números / Numbers*
*Figuras / Shapes*

## Videos y DVD

*Hermie: Una oruga común*

*Flo, la mosca mentirosa*

*Webster, la arañita miedosa*

*Buzby, la abeja mal portada*

MAX LUCADO

Hermie

y sus amigos

# MAX LUCADO

Producción de los dibujos: Glueworks Animation

Basado en los personajes de Max Lucado:

*Hermie: Una oruga común*

GRUPO NELSON
Una división de Thomas Nelson Publishers
*Juntos inspiramos al mundo*
www.gruponelson.com

STANLEY LA CHINCHE APESTOSA
Publicado por Editorial Betania, una división de Grupo Nelson


Una división de Thomas Nelson, Inc.
Nashville, TN, Estados Unidos de América
www.gruponelson.com

Título en inglés: *Stanley the Stinkbug*

Ilustraciones por GlueWorks Animation
Publicado en Nashville, TN por Tommy Nelson®
Una división de Thomas Nelson, Inc.



Impreso en Singapur
Printed in Singapore

ISBN 0-88113-950-5

Un amigo ama en todo tiempo.

—Proverbios 17.17

El campamento Bug-a-Boo zumbaba con insectos ocupados. Este año, Hermie la oruga y su amigo Wormie eran consejeros.

«¡Qué día tan maravilloso!», dijo Hermie mientras algunos campistas jugaban a jalar la cuerda, otros caminaban en las veredas naturales, y algunos se resbalaban en una hoja de banano hasta el charco de agua del campamento.

CAMP
BUG A BOO

«Esta es nuestra primera mañana en el campamento» anunció Hermie. «Todos los insectos están felices. Todos los insectos están jugando. Todos los insectos están presentes».

«Todos menos uno», lo corrigió Wormie. «Nos hace falta Stanley la Chinche Apestosa».

Mientras tanto, Stanley esperaba para tomar el último autobús hacia el Campamento Bug-a-Boo.

«Va a ser terrible», se dijo a sí mismo. «¿Para qué le prometí a mi mamá y a mi papá que iría? Tengo tanto miedo de que nadie me quiera por mi olor».

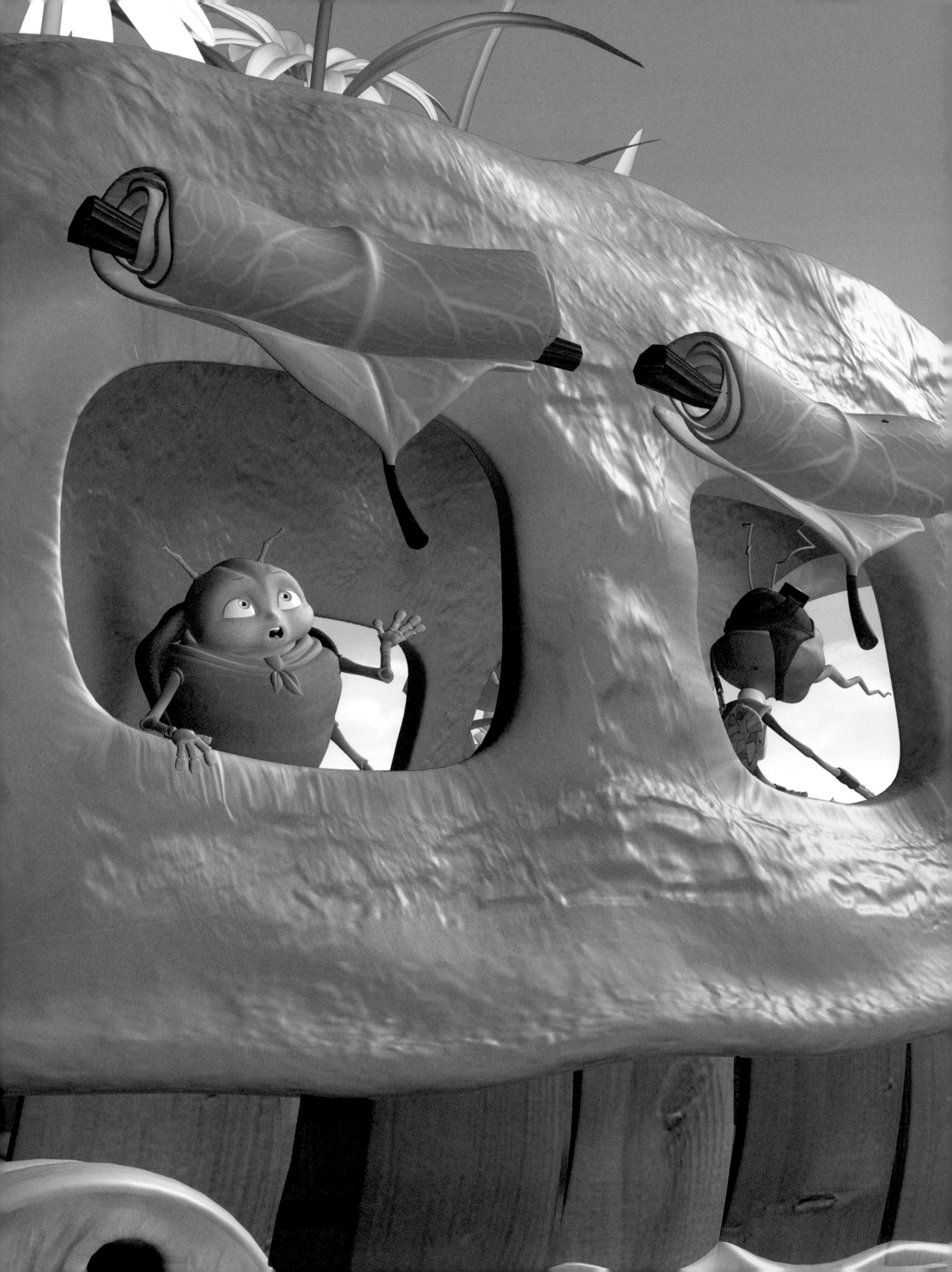

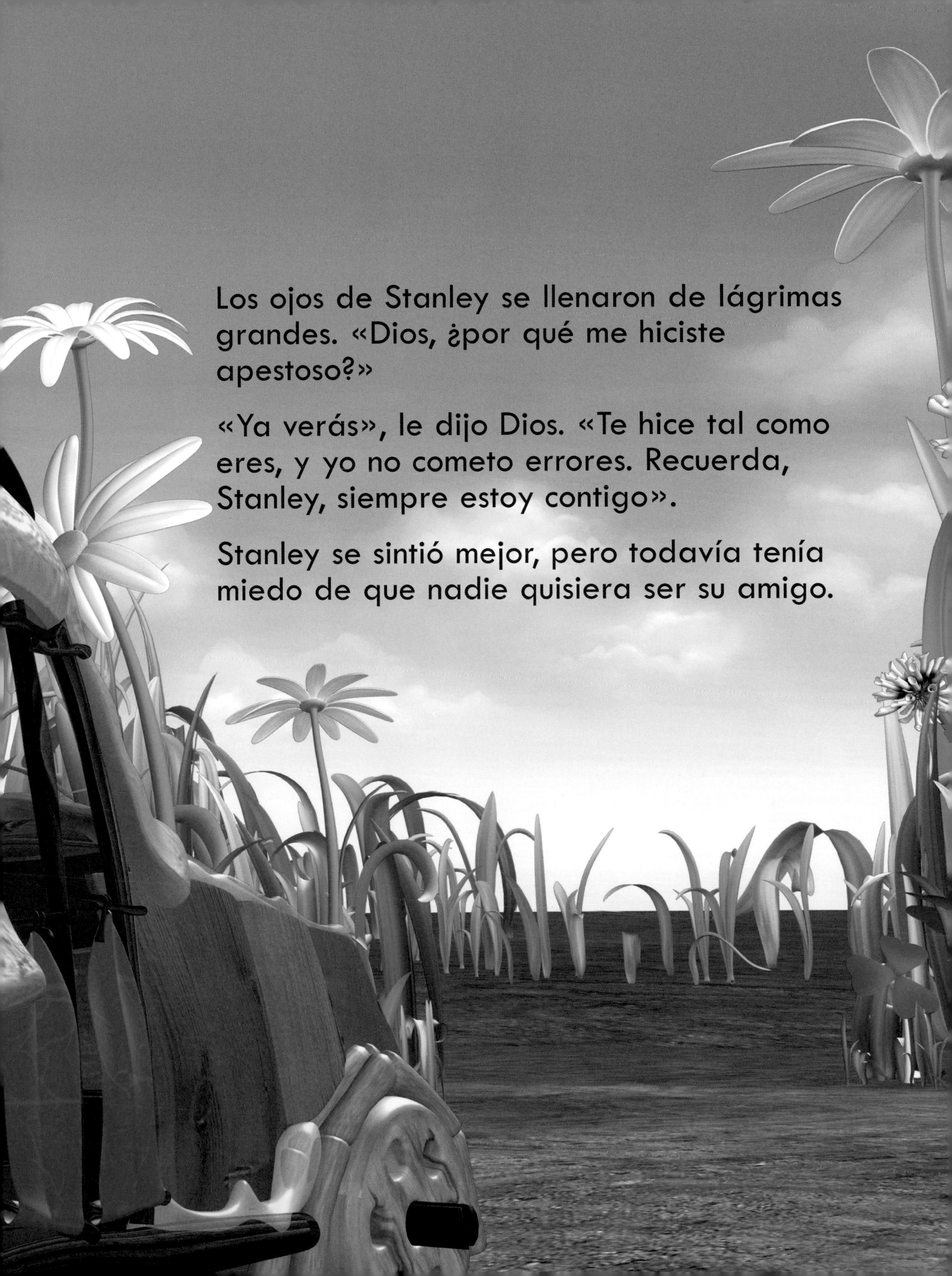

Los ojos de Stanley se llenaron de lágrimas grandes. «Dios, ¿por qué me hiciste apestoso?»

«Ya verás», le dijo Dios. «Te hice tal como eres, y yo no cometo errores. Recuerda, Stanley, siempre estoy contigo».

Stanley se sintió mejor, pero todavía tenía miedo de que nadie quisiera ser su amigo.

El último autobús llegó al campamento Bug-a-Boo y se detuvo enfrente de Hermie y Wormie. La puerta se abrió y el chofer, el mosquito Skeeter, salió tosiendo.

Detrás de Skeeter había una nube verde y maloliente. En medio de la nube se encontraba Stanley la chinche apestosa. Tenía miedo. Y cuando Stanley tiene miedo, se vuelve…

# ¡MUY APESTOSO!

Las flores en la vereda se marchitaron.

«Ugh», Hermie se cubrió la cara.

«Caramba», Wormie se tapó la nariz.

Stanley bajó la cabeza. «Siento mucho lo de...»

«Nos da gusto verte», Hermie interrumpió, fingiendo que no había mal olor.

«Tal vez debo volver a casa», dijo Stanley.

«Ni lo apestes, quiero decir… ni lo pienses», replicó Hermie. «Ven, vamos a divertirnos».

CAMP

Stanley los acompañó en los juegos. Pero cada vez que Stanley se ponía nervioso la nube verde aparecía, y los otros campistas huyeron, tosiendo y tapándose la nariz.

En poco tiempo ningún campista quería jugar con Stanley.

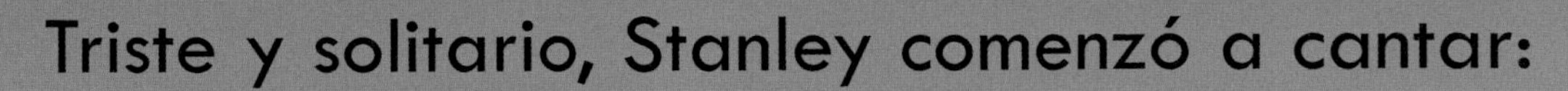

Triste y solitario, Stanley comenzó a cantar:

*Yo apesto, ¿te das cuenta?*
*¿Chillas porque apesto?*
*Las flores se encogen.*
*Las piedras gimen.*
*Las mofetas se desmayan.*
*Las hormigas jadean.*
*¡Y todo porque APESTO!*

«Nunca tendré amigos», dijo Stanley.

Al mediodía las mariquitas gemelas, Hailey y Bailey, vieron a Stanley sentado solito. Las gemelas respiraron profundo y se dirigieron hacia Stanley. Deseando hacer amistad, se sentaron frente a él.

«Hola», dijo Stanley. Se puso contento al verlas. Pero también tenía miedo de que ellas no lo aceptaran, y eso lo hizo...

¡APESTAR MUCHO!

Las mariquitas trataron de aguantar la respiración. Pero no funcionó. El olor las estaba enfermando. Sin mucho esperar, dijeron adiós y se alejaron.

*Nunca podré tener amigos*, pensó Stanley.

Esa noche, Stanley tuvo una pesadilla y comenzó a apestar.

Los otros insectos se alejaron para poder dormir.

«Tenemos que hacer algo para que Stanley tenga amigos y se pueda divertir», dijo Wormie.

«Ya lo tengo», dijo Hermie, «perfume y un baño en el charco». Pero eso no funcionó. Hermie tuvo otra idea y esta era mejor: «Preguntémosle a Dios».

«Dios», oró Hermie, «tenemos un problema. Se trata de Stanley. Él apesta».

«Hermie, las chinches apestan cuando tienen miedo. Así las hice yo. Sé un amigo para Stanley, y verás lo que sucede».

Stanley escuchó a Hermie mientras hablaba con Dios.

«Eso es», pensó Stanley, «tengo que superar mis temores. Empezaré con mi miedo a las alturas. Iré a la cima del árbol más alto del jardín. Y me quedaré allí hasta que mi olor desaparezca».

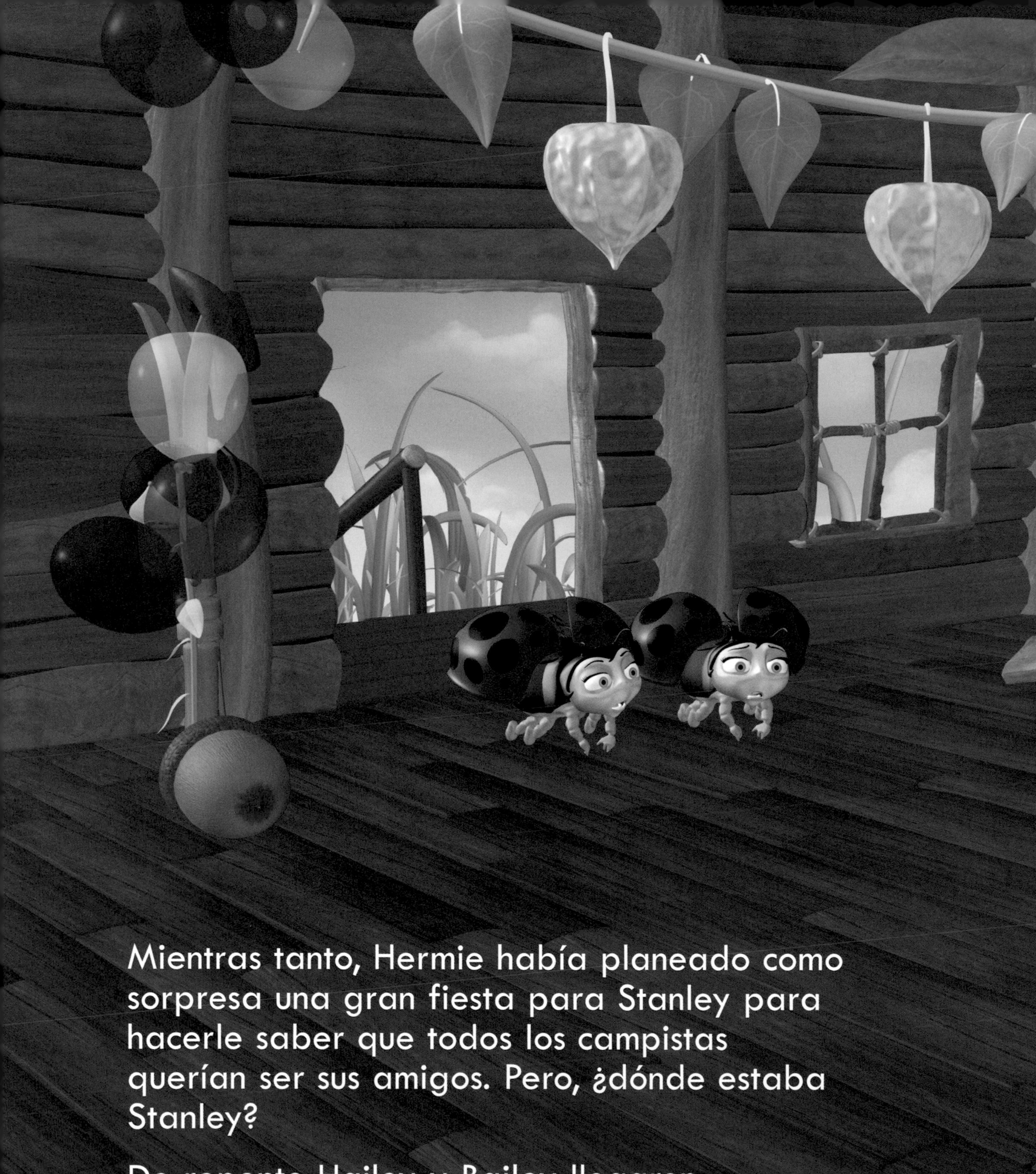

Mientras tanto, Hermie había planeado como sorpresa una gran fiesta para Stanley para hacerle saber que todos los campistas querían ser sus amigos. Pero, ¿dónde estaba Stanley?

De repente Hailey y Bailey llegaron apuradas al comedor: «¡Stanley necesita ayuda!» Rápidamente todos siguieron a las gemelas.

Stanley estaba en la parte superior del árbol más alto y tenía miedo de bajar. Su nube apestosa y verde era más grande que nunca.

Todos intentaron ayudarle. Pero nada funcionó.

Skeeter llevó volando a Hermie hacia arriba para conversar con Stanley, cuando…

**¡AY!**

Stanley se resbaló y empezó a caer.

Skeeter y Hermie volaron debajo de Stanley y lo agarraron.

En la fiesta para Stanley, todos los campistas se reunieron alrededor de él. «Queremos ser tus amigos», le dijo Hermie.

Ahora Stanley no tenía miedo. Y como no tenía miedo, ya no apestaba.

Todos ahora podían oler el rico pastel de Lizzy, hasta…

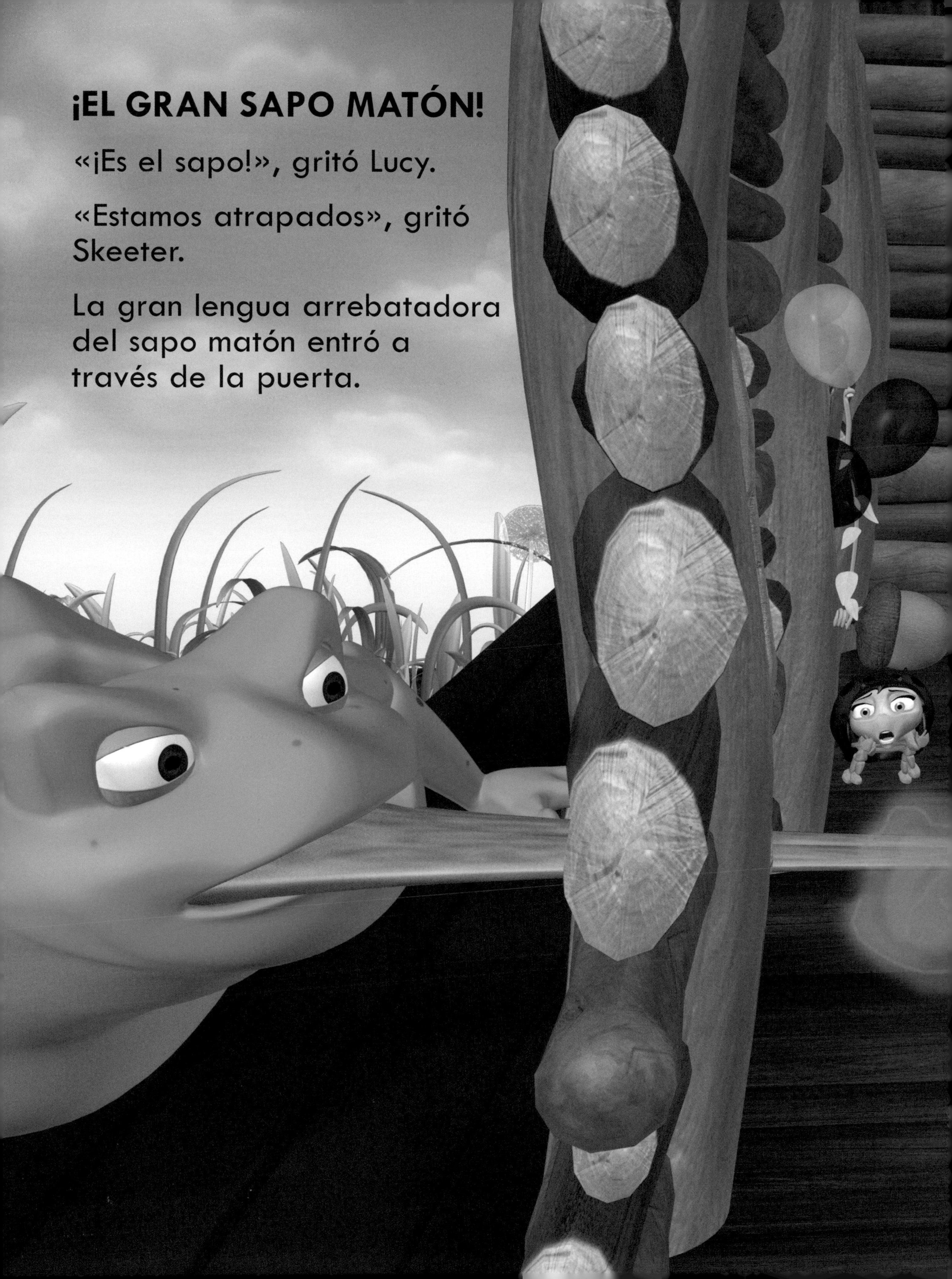

# ¡EL GRAN SAPO MATÓN!

«¡Es el sapo!», gritó Lucy.

«Estamos atrapados», gritó Skeeter.

La gran lengua arrebatadora del sapo matón entró a través de la puerta.

CAMP
BUG A BOO

«¡Qué miedo!», gimió Hermie.

«Much miedo», Stanley estaba de acuerdo. Y su apestosa nube verde empezó a llenar el lugar. «¡Perdón, no puedo evitarlo! Cuando tengo miedo, apesto. Así es como Dios me hizo».

«Y me alegro de que Él te haya hecho así», dijo Hermie. «¡Mira!»

La nube había llegado hasta la puerta y alcanzó al sapo. La gran lengua se detuvo. Rápidamente, se enrolló volviendo a la gran boca del sapo matón.

«¡GUÁCATELA!», gritó el gran sapo matón,
mientras se alejaba
*a grandes saltos*
«¡GUÁCATELA!»
*otro salto*
«¡GUÁCATELA!»
*otro salto*
«¡GUÁCATELA!»

Todos celebraron. El olor apestoso de Stanley había ahuyentado al sapo.

«¡Muy bien, Stanley!», dijo Hermie.

«Nos protegiste a todos. Fue bueno que Dios te hiciera apestoso», dijo Wormie.

«Sí, lo es», asintió Stanley.

Ahora Stanley, la chinche apestosa tiene muchos amigos. Pero todos llevan tapones para la nariz, por si acaso...